RESPONSES

AVX LETTRES

PORTVGAISES

A GRENOBLE,

Chez ROBERT PHILIPPES , proche les
RR. PP. Iesuites.

M. DC. LXIX.

Auec Permission.

PREFACE.

Our la satisfaction du
Lecteur , & pour ma
propre justification , je
crois que ie dois dire deux mots
du dessein qui m'a obligé d'entre-
prendre ces Lettres. Ie ne pretens pas d'éclaircir icy le lecteur
si les cinq Portugaises sont , ou
veritables ou supposées , ny si elles
s'addressent, comme l'on dit, à vn
des plus signalez Seigneurs du
Royaume ; ce n'est pas sur cette

matiere que je veux faire montre de mon sçauoir : je diray seulement que l'ingenuité, & la passion toute pure , qui paroissoient dans ces cinq Lettres Portugaises, permettent à peu de gens de douter qu'elles n'ayent esté veritablement écrites. Quand au dessein qui m'a obligé à y faire des réponses , je suis trop franc pour dissimuler ce que m'en a dit vn des beaux esprits de France : on m'a d'abord representé la grãdeur de l'entreprise, la difficulté d'y reüssir , & la temerité dont on m'accuseroit si la reüssite n'étoit pas fauorable. On m'a dit

qu'une paſſion violente auoit inſ-
piré ces cinq premieres Lettres,
& qu'un homme qui ne ſeroit
pas touché d'une pareille paſſion
ne reüſſiroit jamais heureuſe-
ment à y faire des réponſes ; que
c'eſtoit une fille qui auoit fait
les premieres, & que dans l'ame
des perſonnes de ce ſexe les paſ-
ſions eſtoient plus fortes , & plus
ardentes que dans celle d'un
homme où elles ſont toûjours plus
tranquilles; que c'eſtoit outre cela
une Religieuſe, plus capable d'un
grand attachement , & d'un
tranſport amoureux qu'une perſonne du monde , Et que moy

n'eſtant ny fille, ny Religieuſe, ny
peut-eſtre amoureux, je ne pourrois pas ſeconder dans mes Lettres ces ſentiments qu'on admire
auec ſujet dans les premieres.
Enfin on m'a propoſé le deſſein
d'Aulus Sabinus, qui auoit ré-
pondu à quelques vnes des Epi-
tres heroïdes d'Ouide, mais auec
ſi peu de ſuccez que celles-là ne
faiſoient preſque que releuer l'é-
clat de celles-cy, quoy que ce ne
fut qu'vn jeu d'eſprit, où la paſſion, & le cœur n'auoient nulle
part. C'en eſtoit bien là aſſez
pour rebuter vn courage moins
échauffé que le mien: pour moy

je ne me rendis pas à ces raisons,
je vis bien que la beauté naturel-
le des Portugaises estoit inimita-
ble , & qu'elles pouuoient juste-
ment estre appellées un prodige
d'Amour ; je creus neantmoins
que quand mes réponses n'en seroient pas si prodigieuses, elles ne
laisseroient pas pour cela de pas-
fer : si elles ne font pas si amoureu-
ses, & si passionnées , qu'y faire,
pourueu qu'il y ait quelque feu?
j'aime mieux qu'on me prenne
pour un homme d'esprit , que
pour un homme Amoureux : en
tout cas, que l'on s'imagine si mes
réponses font si peu supportables,

que ie ne les ay faites ainſi que pour mieux imiter celles dont la Dame Portugaiſe ſe plaint dans la quatriéme Lettre page 101, où elle les nomme, des Lettres froides, & pleines de redi-tes, & dans la Lettre cinquieſ-me page 139. où elle ſe plaint, des impertinentes proteſtations d'amitié, & des ciuilitez ridi-cules, dont ſon Amant auoit remply ſa derniere Lettre. C'eſt bien là à mon aduis la moindre grace que l'on me puiſſe accor-der. Si l'on conſidere pourtant la grandeur du deſſein, on ne me blâmera pas entierement de n'y

auoir pas bien reüſſi, au contraire, peut-eſtre louera-t-'on mon
entrepriſe. Les raiſons qui ſont
au commencement de cette Pre-
face, & que ie trouue inuincibles
ſeruiront au pis aller à me mettre à couuert des traits de la Cri-
tique, pour ne pas dire de l'enuie:
Au reſte, le lecteur ſera peut-eſtre
eſtonné de voir ſix Lettres qui ne
répondent qu'à cinq ; mais ie
l'aduertis que la premiere des
Portugaiſes parlant d'vne Lettre
que luy auoit déia écrite ſon
Amant lors de ſon départ, i'ay
crû que ie ne pouuois pas me diſ-
penſer d'en faire vne. Ie n'auois

garde de laisser passer vn si beau
suiet d'écrire sans en profiter. C'est
tout ce que i'auois à dire. Adieu.

PREMIERE

LETTRE.

ADieu Mariane, Adieu; Ie te quitte, & ie te quitte auec ce déplaisir de ne te pouuoir pas persuader le desespoir où me jette la necessité inéuitable de mon départ ; mais je t'en

A

conuaincray, chere Ma-
riane , & la vie que je
quitteray bien-tôt apres
t'auoir quittée,ne me per-
mettra plus de douter de
l'excez de mes douleurs.
Sçais-tu bien , ma chere
Ame,ce que veulent dire
ces deux mots , *ie te quitte;*
& crois-tu , que ie puſſe
dire que *ie meurs* , en termes plus clairs & plus
intelligibles ? Ouy , ie
meurs,puis que ie t'aban-
donne , ie m'éloigne de

la vie en m'éloignant de
toy, & ie vas au tombeau
en retournant à ma pa-
trie. Ie pars pourtant, me
diras-tu , & ie te laisse.
Ah ! cruelle , que ces paroles sont fortes , qu'elles sont puissantes, qu'elles sont éloquentes , &
que ton amour qui y pa-
roît, fait vn êtrange effet
sur mon cœur, & ébran-
le furieusement mes re-
solutions. Quoy ! faut-il
que des témoignages de

la paſſion que tu as pour
moy, ſans que j'en puiſſe
raiſonnablement douter,
faſſent aujourd'huy vn
effet ſi contraire à ce-
luy qu'ils auoient accoû-
tumé de faire : ma
joye & mon repos en de-
pendoient, c'eſtoient les
ſources de mon bon-
heur & de ma felicité, ils
faiſoient tous mes plai-
ſirs, ils êtouffoient mes
ſanglots, ſechoient mes
larmes, calmoient mes

inquietudes , diſſipoient
mes craintes; & mainte-
nant ils ne font que cau-
ſer de nouueaux troubles
dans mon ame , & qu'y
faire naiſtre des appre-
henſions. Ie vois bien la
raiſon de ce changement,
ie profitois de tout le
bien que promettoient
les premieres marques de
ton amour , i'en goutois
à longs traits toutes les
douceurs , & i'auois la
ſatisfaction d'y répondre

par mille paroles , & par
mille actions capables
de perſuader des perſon-
nes plus incredules que
vous de la grandeur &
de la violence de ma
flâme , au lieu que main-
tenant ie voy les biens
qu'elles m'offrent ſans
pouuoir les accepter , &
ie ne puis répondre à ces
marques d'affection, que
par vn voyage qui m'é-
loigne de vous de cinq
cens lieuës. Iugés par là

de mon infortune, & de
la cruauté de mon deſtin:
& conſiderez à qui de
nous deux mon départ
doit eſtre le plus funeſte.
Pourquoy ſuis-je venu
en Portugal ? pourquoy
venir ſi loin pour me rendre mal-heureux tout le
reſte de mes iours? pour-
quoy vous auoir veuë?
pourquoy vous auoir
aimée ? deuois-je mettre
tout mon plaiſir à vous
voir ; ſi ie deuois vn iour

ne vous voir pas , & ma
vie deuoit-elle dépendre
de vous , puifque ie de-
uois vn iour vous quitter?
Que n'ay-je eu   pour
quelque Dame de Fran-
ce , ces fentimens tendres , & paffionnés que
vous m'auez infpiré ? la
cruauté d'vne abfence
n'auroit pas entierement
renuerfé mes plaifirs , &
l'efpoir d'vn prompt re-
tour, qu'on peut toûjours
auoir auec raifon d'vne

perſonne qui quitte ſon
pays, nous auroit laiſſé
dans nos chagrins meſ-
me vne merueilleuſe ſa-
tisfaction ; mais que dis-
je temeraire, en aurois-je
pû auoir vne veritable
ſans vous ? Quelque au-
tre euſt-elle eſté capable
de me cauſer des tranſ-
ports ſi doux, de me fai-
re paſſer des momens ſi
tendres, que ceux que
j'ay paſſé dans voſtre
chambre ? Non, cela n'eſt

pas poſſible , il falloit vos
yeux , pour me donner
autant d'amour que i'en
pris à voſtre veuë ; il falloit vôtre cœur, pour être
le digne objet de mes
ſoins & de mes adora-
tions ; il vous falloit toute entiere pour me cau-
ſer ces plaiſirs extraordi-
naires , dont il eſt bien
aiſé de ſe reſſouuenir , &
qu'il eſt impoſſible d'ex-
primer ; il falloit toute
mon amour & toute la

voftre , pour caufer
ces tranfports & ces
extafes amoureufes : Ah!
que cette penfée eft dou-
ce , que cette idée eft
touchante , que cette re-
flexion eft agreable, puis-
je la faire , & faire le deffein de partir? puis-je fon-
ger à les rompre par vn
voyage. Voftre amour,
vos careffes , capables
d'arrefter aupres de vous
les premiers hommes du
monde , d'attendrir les

plus insensibles, de flé-
chir les plus cruels & les
plus barbares, me laisse-
ront-elles la liberté de
m'éloigner ? mon amour
toute seule consentira-
t'elle à cette absence ? ie
voy bien que c'est moy
qui voudrois partir, &
que c'est moy qui ne le
veux pas, ou pour parler
plus iuste, qui ne le peux
pas. Ie ne le veux ny ne le
peux ; mais il le faut.
D'vne necessité! estrange

con-

contrainte ! qui me force
à vous quitter lors que ie
vous ayme auec le plus
d'empreſſement. Ie vous
ayme, chere vie de mon
ame, & i'oſe bien dire
que ie vous aimois moins
dans certaines conjon-
ctures, auſquelles vous
croiyez que ie vous ay-
mois le plus. Ie meurs
d'amour pour vous, &
c'eſt aujourd'huy que ie
commence à ſentir cer-
tains mouuemens inte-

B

rieurs qui m'auoient esté
iusques à present incon-
nus. Que ces sentimens
impetueux viennent mal
à propos, ils ne peuuent
que me tourmenter, dans
vn autre temps ils au-
roient pû me rendre le
plus heureux des hom-
mes. Vous m'auez parlé
souuent de la grandeur
de vostre amour ; vous
auez plus fait, vous m'en
auez donné des preuues
en me disant pourtant

que ces preuues quelque
grandes qu'elles fussent,
n'exprimoient pas suffi-
samment vos sentimens:
j'auois bien de la peine à
vous croire en ce temps-
là , mais que ie vois bien
aujourd'huy combien ces
paroles pouuoient estre
vrayes, puis que dans ce
moment que ie vous
écris , ie me sens tout à
fait incapable de vous ex-
primer la moindre partie
des mouuemens qui m'a-

gitent, qui me tourmen-
tent fans cefle, & qui me
rendent miferable. La
perte de ma vie, ny celle
de ma raifon ne fuffi-
roient pas ce me femble
à vous reprefenter l'in-
quietude funefte de mon
ame, ny le pitoyable eftat
de mon cœur. Que ne le
voyez vous? ce feroit bien
alors que vous cefferiez
de m'accufer, que vous
n'appelleriés plus leger, le
fujet qui m'oblige à re-

tourner en France, & que
vous deploreriez auecque
moy le mal-heureux estat
de ma condition , de ma
fortune , & de mon
amour. En effet, ie suis
constraint à vous quitter
lors que ie vous ayme le
plus , lors que vous me
témoignés plus d'amour
que iamais, lors que vous
me soupçonnez de vous
aymer le moins. Ainsi ie
cours hazard de vous
perdre & de vous quit-

B iij,

ter à mesme temps. He-
las ! quelle affliction seroit la mienne, si ie vous
perdois lors que ie souf-
fre le plus pour l'amour
de vous. Vous estiez tou-
te à moy, quand mes plai-
sirs aussi bien que mon
inclination me rendoient
tout à vous ; vous m'ay-
miez toûjours quand ie
ne bougeois de vostre
Conuent ; vous faisiez
tout pour moy, quand ie
ne faisois ny ne souffrois

rien pour vous ; aujour-
d'huy que ie commence
à endurer pour vous , ne
m'aymerez vous plus ?
Conſiderez qu'il eſt bien
aiſé d'aymer vne perſon-
ne, aupres de laquelle on
goûte mille contente-
mens , & qu'on eſt bien
plus obligé d'aymer ceux
qui ſouffrent pour nous,
que ceux qui ſe diuertiſ-
ſent pour no us. I'ay ſa-
uouré cent plaiſirs au-
pres de vous, vous m'ay-

miez. Ie ressens mainte-
nant mille maux à cause
de vous, ne m'é aimez pas
moins, ie vous en conju-
re, aymable personne, &
ie finis auec cette priere;
aussi bien vient-on de
m'aduertir que tout est
prest , & qu'on n'attend
que moy. Ah ! pourquoy
m'attent-on, que n'est-on
impatient, & que ne me
laisse-t'on en ce païs : on
ne le fera pas , il n'y a pas
lieu de l'esperer , Adieu

donc Mariane , & souue-
nez vous de moy , ayez
quelque pitié des absens,
n'oubliez pas les soins
que i'ay pris à vous don-
ner de l'amour en vous
persuadant la mienne;
n'oubliez pas mes pro-
messes , mes assurances,
mes protestations, ny mes
sermens; oubliez encore
moins les vostres par les-
quels vous vous estes
mille fois donnée à moy
pour toûjours : pensez

quelquesfois à nos plai-
sirs,pensez aussi quelquefois à mon infortune ; ie
me vas mettre sur le plus
infidelle des élemens,que
n'est-il aussi le plus cruel,
& s'il est vray que ie ne
vous verray plus, & que
vous m'oubliés dans cet-
te absence (ce que ie ne
puis m'imaginer) que
ne m'engloutit-il mille
fois , que ne fait-il é-
choüer mon vaisseau con-
tre vn banc de sable; que

ne le rompt-il contre vn
écueil,& que ne fait-il en
ma faueur le traitement
qu'il a fait à cent perſonnes moins miſerables que
moy. Si ce mal-heur m'ar-
riue, ma douleur & mon
deſeſpoir ne laiſſeront
pas à la mer & aux vents
la charge funeſte de me
priuer du iour,& dans le
chagrin mortel qui me
ſaiſira, de me voir aban-
donné par vne perſonne
que i'aymois plus que ma

vie, i'auray cette derniere satisfaction de mou-
rir, & pour vous, & par
vous. Ne vous faites pas
ce tort, ne me faites pas
cette injustice, ie crois
que si vous m'ostiez de
vostre souuenir, vous se-
riez aussi blâmable que
ie serois à plaindre.

DEVXIEME

SECONDE

LETTRE

N'Estoit-ce pas as
sez de mes mal-
heurs ? Le deses-
poir d'estre reduit à vous
abandonner ne pouuoit-
il pas seul me rendre assez
infortuné, sans qu'il falut
y joindre vos déplaisirs,

C

aufquels je fuis cent fois
plus fenfible qu'aux
miens propres? Quoy!
vous ne m'oubliez pas!
vous penfez encore à vn
miferable ? vous vous ré-
joüiffez de mon Amour?
Ah! c'en eft affez: conten-
tez-vous de me plaindre,
& ne prenez pas autant
de part à mes chagrins
que moy-mefme. Il n'eft
pas jufte que vous vous
affligiés autãt de ma perte que je fais de la voftre,

vous trouuerez en mille
lieux vn hôneste homme
fur lequel vos yeux fe-
ront les mefmes effects
qu'ils ont fait fur moy, &
pour qui vous pourrez
auoir de la tendreſſe;mais
que dis-je , fouffrirois-ie
que vous euſſiez pour
quelque autre ces ſenti-
mens que vous auez ju-
ré mille fois ne pouuoir a-
uoir que pour moy ? Si je
vous croyois capable d'vn
tel changement,ie ne ſçay

de quel excés je ne ſerois
point capable moy-meſ-
me, & cét heureux que
vous auriez choiſi pour
occuper ma place ne ſe-
roit pas aſſeuré de la vie,
tant que ie ſerois en eſtat
de hazarder la mienne. Ie
vous demande pardon de
cét emportement, il eſt
bien difficile de garder
vn ſang froid en vne pa-
reille matiere ; moderez
pourtant vn peu vos traſ-
ports , & ſi vous prenez

mes plaisirs de France,
pour la cause de vos dou-
leurs ; apprenez combien
elles ont peu de fonde-
ment. L'image de Maria-
ne que i'auois si profon-
dement grauée dans le
coeur fut la premiere chose qui aprés m'auoir occu-
pé pendant tout le temps
de mon voyage, occupa
encore mon esprit à l'en-
trée de mon pays, & vous
le diray-je ? ce fut cette
image qui étouffa en moy

certains sentimens de jo-
ye qui sont si naturels à
ceux qui peuuent reuoir
leur Patrie. Ie pensay d'a-
bord à vous, & voyant
que ce n'estoit pas le lieu
où il faloit vous chercher,
au contraire que c'estoit
celuy où je ne vous trou-
uerois jamais, je faillis à
tomber dans ce pitoyable
estat auquel vous m'ap-
prenez dans vostre Lettre
que vous auez esté. Ie vis
mes parents; ie receus des

visites de mes amis,& i'en
rendis quelques autres,&
parmy tant de sujets
d'vne joye au moins appa-
rente , je témoignay vn
déplaisir si éuident , &
vn chagrin si violent,que
les plus insensibles eurent
pitié de l'estat où ils me
voyoient; ils se doutoient
bien que j'auois apporté
cette maladie de Portugal,
mais ils en ignoroient la
cause,& i'estois le seul qui
sçauois l'origine de mon

mal, & le remede qu'il y
faudroit apporter. Com-
bien de fois ay-je souhait-
té de pouuoir soulager
mes douleurs en les parta-
geant, & en les communi-
quant ? l'ay regretté mille
fois l'absence de Dona
Brites, par le moyen de laquelle ie vous ay si sou-
uent exprimé mon amour.
Ie ne vous diray pas auec
quelle ardeur i'ay sou-
haitté vostre presence,
quelle resolution i'ay fait

pour la recouurer: fi vous
m'aimez , vous vous les
imaginez fuffifamment,
& vous pouuez les mefu-
rer à l'enuie que vous auez
de me reuoir ; fi vous ne
m'aimez plus, qu'ay-ie que
faire de vous les reprefenter, & de vous donner lieu
de vous mocquer de mes
inquietudes ? Enfin ie ne
goûte aucun repos, le
iour & la nuit me font é-
galement importuns ; fi
i'ouure les yeux au matin,

ie ne les ouure qu'aux larmes , & i'ouure auffi-toft
ma bouche aux foupirs,&
aux plaintes ; la penfée de
noftre éloignement, & du
peu d'apparence que ie
vois à nous rapprocher
me iette dans vne melan-
colie infurmontable. Si ie
les ferme le foir, les fon-
ges&les vifions me réplif-
fent l'efprit de Mariane,
quelquefois de Mariane
prefente, & ie fuis au defefpoir à mon réueil de

voir la fauſſeté de mes ſon-
ges, & le renuerſement de
ma ioye ; quelquefois de
Mariane abſenté, & ie ſuis
encore au deſeſpoir de
voir à mon réueil que les
choſes les plus trompeu-
ſes, deuiennent certaines
& indubitables , & ſont
des Oracles aſſeurés qui
me predifent des maux
ineuitables, & qui me les
repreſentent à toutes heures pour ne me laiſſer pas
vn moment de repos , &

de quietude. Voilà quelle
est ma vie, voilà quels sont
mes plaisirs, & mes diuer-
tissemens ., voyez s'il y a
lieu de me porter enuie,&
si ie n'ay pas suiet de former autant de plaintes
que vous , contre cette
cruelle absence qui nous
separe? I'estois en cét estat
quand ie receus vostre
lettre , ie la baisay mille
fois auant que l'ouurir,&
ie sentis dans mon ame
vn mouuement de ioye
qui

qui m'eſtoit inconnu de-
puis que ie vous auois
quittée;je l'ouuris, j'y vis
des caracteres que mes
yeux ne purent dementir,
& ie fus ſurpris que vous
euſſiez pû trouuer la com-
modité de m'écrire. I'ap-
pris en la liſant que voſtre
frere vous auoit fourny
l'occaſion de me donner
de vos nouuelles. Que ie
pardonnay de bon cœur
alors à toute voſtre famil-
le les empeſchemens

D

qu'elle auoit tâché d'ap-
porter à noſtre commune
ſatisfaction, les obſtacles
qu'elle y auoit mis, la hai-
ne qu'elle auoit conceu
contre moy, & tout ce
qu'elle auoit pû nous faire
ſouffrir, tant à voſtre con-
ſideration qu'à la mienne;
que ie luy voulus du bien
de cette derniere action,
qui recompenſe auec
auantage toutes les pre-
cedentes ; ie l'appellay
l'Autheur de mon bon-

heur , & luy voüay dés-
lors vne amitié auſſi grã-
de que l'amour que ie
vous ay ſi ſouuent jurée.
Mais, mon Cœur, que vos
maux , que vos douleurs,
que vos deſeſpoirs , que
vos apprehenſions , que
vos plaintes me touche-
rent ſenſiblement. I'en
vins iuſqu'à ſouhaiter de
ne vous auoir iamais ay-
mée, de n'auoir iamais é-
té aymé de vous, puiſque
c'eſtoit mon amour & la

voftre qui vous caufoient
tant de déreglemens. La
perte de voftre fanté al-
tera d'abord la mienne.
Voftre éuanoüiffement ,
cét abandon de vos fens,
m'abandonna à la fureur,
& prefque à la mort, car
j'auois crû iufques à prefent que ce n'étoit qu'aupres de moy que vous é-
tiez fujette à des aban-
donnemens. Ah!confer-
uez-vous , n'expofez pas
ainfi nos deux vies; quit-

tez ces souffrances, quelques cheres qu'elles vous
soient , à cause de moy;
c'est par là qu'elles me
sont insupportables,& ie
ne les puis endurer en
vous , sur tout tant que
vous m'en considererez
comme l'autheur, & que
vous m'en croirez l'vni-
que sujet.   Helas! si les
douleurs que ie souffre,
ou que ie pourrois endu-
rer à l'avenir, suffisoient
pour appaiser les vostres,

vous feriez bien-toft cõ-
uaincuë que vous n'auez
nulle raifon de vous
plaindre & de m'accufer.
S'il ne faloit que ma vie
pour vous deliurer de
tous vos maux, vous ver-
riez bien, par la diligence
que i'apporterois à vous
la facrifier , que ie n'ay
rien de plus precieux, rien
de plus cher que voftre
repos. Cependant vous
me reprochez de vous a-
uoir renduë mal-heureu-

se, comme si j'estois moy-
mesme exempt de ces tri-
stesses deuorantes qui
me rendent la vie si en-
nuyeuse & si insupporta-
ble , & qui ne me font
trouuer que des pointes
& que des épines où les
autres ne rencontrent
que des Lys & des Ro-
ses. Ah! de grace, cessez de
m'accuser, aussi bien que
de me soupçonner que ie
puisse aimer en ces lieux
quelqu'autre que vous; ie

fçay que ie n'y trouueray
iamais tant de charmes
que i'en ay admiré en vô-
tre perfonne; mais quand
il feroit poffible que i'en
trouuaffe encore dauan-
tage, ie ne trouuerois pas
chez moy vn coeur pro-
pre à receuoir de nouuel-
les impreffions, ny à perdre celles que vous y a-
uez mifes. Ie vous ayme
trop pour former iamais
vn pareil deffein : bien
loin de l'executer, le châ-

gement , ny la diſtance
des lieux n'apporte aucu-
ne aucune alteration à
mon amour , il n'en ap-
porte qu'à mes plaiſirs:ie
goûtois plus de douceurs
en vous aymant en Por-
tugal ; ie ſouffre plus de
maux en vous aymant en
France;voila toute la difference que i'y trouue,
mais ie vous ayme toû-
jours & par tout. Ie reſ-
ſens en tous lieux la ſatisfaction de vous aimer, &

celle que donne l'esperá-
ce d'estre aymé.   Ie ne
sçaurois viure sans l'vn
ny sans l'autre, ie répons
du premier , répondez
moy du second. Adieu, ne
vous abandonnez plus si
fort à la douleur ; ne me
soupçonnez d'aucune in-
difference, d'aucun chan-
gement, ny d'aucun ou-
bly ; doutez moins de moi
que de vous mesme ; mais
pourtant aimez moy toû-
jours beaucoup , & plai-

gnez moy vn peu;ie vous
en donne chaque iour su-
jet par les maux que i'en-
dure. Adieu.

TROISIEME

LETTRE.

Vſques à quand dureront vos ſoupçons ? Ces ſentimens iniurieux que vous auez de moy ne finiront-ils iamais ? de me croire coupable , quoy que ie ne ſois que mal-

heu-

heureux ? Helas! quel eſt
l'eſtat où ie me trouue reduit ? cruelle & funeſte
abſence , quel deſordre
n'apporte-tu pas?& quel-
les ſuites dangereuſes
n'as-tu pas , par ce que
ie ſuis abſent eſt - ce
vne neceſſité abbattuë
que je ſois lâche, que ie
ſois ingrat, que je ſois infidelle, perfide, & parju-
re?Ah!Mariane, ie ſuis au
deſeſpoir , & de ce que
vous m'accuſez auec tant

E

d'injuſtice , & des maux
que vous endurez auec
tant de rigueur pour l'a-
mour de moy. Ie n'ay pas
eu vn ſeul moment de
plaiſir depuis mõ départ,
j'ay eſté comme enſeue-
ly dans les chagrins , &
dans les déplaiſirs , la vie
m'a eſté vn continuel
ſupplice ; j'attendois de
vos lettres quelque ſou-
lagement à mes conti-
nuelles douleurs , & ce-
pendant elles les augmé-
tent ,& les rendent abſo-

lument incurables , tous
les caracteres , tous les
termes, toutes les lignes
en sont empoisonnées, si
j'y apprens que vous vi-
uez, j'y apprens à mesme
temps que vo' n'y viuez
que pour souffrir, & que
vous mourrez châque
jour sous des tourmens
étranges & inconceua-
bles ; si j'y vois que vous
vous souuenez de moy,
ie vois bien-tost que ce
ce n'est que pour m'accu-
ser, & pour m'imputer

tous les maux que vous
endurez: si vous m'y mar-
qués que vous m'aymez,
c'est ou pour me reprocher
cher que ie ne vous aime
pas, ou pour me dire que
vous mourrez: Ne sçau-
riez vous viure sans sou-
frir ! Quoy que vous di-
siez de mes sentimens, ie
juge bien facilement par
moy mesme que vo' ne le
le pouuez pas. Au meins
souuenez vous de moy
sans m'accuser, & aimez
moy sans mourir ; souf-

frez, Mariane, ie n'ose pas
vous dire de ne souffrir
plus, parce que je ne vous
veux pas conseiller de ne
m'aimer plus , & que je
sçay que quand on aime
vne personne absente, il
faut ou souffrir ou mou-
rir ; je ne veux pas vous
dispenser d'vne necessité
de laquelle je pretens ne
me dispenser jamais. Du-
re extremité! qui m'obli-
ge à prier de souffrir, vne
personne pour laquelle

je souffrirois tous les
tourmens imaginables,
pour laquelle je m'expo-
serois aux plus cruels dā-
gers , & pour laquelle
j'exposerois mille fois
mille vies , si je les
auois. Souffrez pourtant,
j'y consens; mais ne vous
imaginez pas contre la
verité , & contre toutes
les apparences,que ce soit
pour vn infidelle que
vous souffrez. Souuenez
vous de quelle maniere

je vous ay aimée,& com-
bien vous m'auez aimé,
voyez ce que i'ay fait, &
ce que ie dois faire,& ne
vous défiez ny de mon
amour,ny de mõ deuoir,
remettez vous dans l'eſ-
prit tout ce que j'ay pû
vous dire autrefois pour
vous perſuader que ie vo'
adorois;péſez à mes pro-
meſſes ſi ſouuent reïte-
rées,de n'aimer jamais autre que vous; ſouuenez-
vous encore que vous

m'auez crû , & que cette
creance a esté l'origine de
ma felicité , & qu'elle
vous a obligé à m'aimer,
& à me faire passer tant
& tant de doux mométs.
Il est vray que i'ay quitté
ces plaisirs en quittant le
Portugal;mais je n'ay pas
quitté ma passion; on ne
s'en défait pas si aisemét,
elle m'est trop chere pour
ne la pas cóseruer tout le
reste de mes jours,c'est la
seule riuale que vo' auez

dans mon cœur, qui ne le
feroit pas fi elle n'eftoit
voftre ouurage. N'en
foyez pas jaloufe , c'eft
cette paffion qui me dit
inceffamment de vous ai-
mer. Adore , me dit-telle
à tous momens, adore ta
chere Mariane , ne me
conferue que pour l'a-
mour d'elle, elle m'a donné la naiffance, c'eft à toy
de m'entretenir , fi ie ne
puis plus paroiftre dans
tes yeux ny dans ta bou-

che , fais que je paroiſſe
dans ton cœur , & dans
tes lettres. En verité i'ay
quelque ſujet de me
plaindre de vo᾿, & s'il eſt
vray que je ſois bien dãs
voſtre cœur, il eſt encore
plus vray que je ſuis bien
mal dans voſtre eſprit.
Vos ſoupçons me ſont
furieuſement injurieux,
je ne vous aurois jamais
crû capable de pareils
ſentimens en mon en-
droit; qu'ay-je fait qu'eſt-

il arriué dépuis mon dé-
part qui ait pû vous obliger à quitter cette con-
fiance que vous auiez au-
parauant en moy qu'ay-
je fait, méchante, depuis
ce temps, que vous pleu-
rer, que me plaindre, que
vous aimer ? ce procedé
vous paroit-il d'vn incô-
ſtant, & d'vn homme at-
taché à quelque beauté
de France, comme vous
me le reprochez. Cepen-
dant vous m'accuſez, &

peu s'en faut que vous ne
me condamniez sur ce
que je ne vous écrits pas
assez souuent. Helas! en
aime-t'on moins pour en
écrire moins ? auant que
nostre mauuaise fortune
nous eût separez, croyez
vous que je ne vous ai-
masse que pendant le
téps que je vous entrete-
nois; & que ma flame prit
fin auec la conuersation?
je vous aimois en vous
quittant, je vous aimois
en

en me promenant , je
vous aimois en retournât
vous voir , & toûjours
aussi ardemment que je
je vous aimois entre mes
bras. Quand je ne pou-
uois pas vous le dire, vous
m'auez dit cent fois que
vous vous le disiez à vous
mésme, & que vous re-
passiez dans vostre esprit
mes asseurances , & mes
protestations. Que n'en
faites vous autant aujour-
d'huy? Ah! c'est que vous

F

ne m'aimez plus, ie le voy
bien , & la seule chose
que i'apprehendois tant
est enfin arriuée; c'est tout
ce que ie puis m'imaginer
d'vne persône qui ne me
demande que du papier
pour preuue de mon
amour. Considerez la di-
ference de vos prieres, &
des miennes; ie vous prie
de m'aimer toûiours, vous
me priez de vous écrire;
ie vous demande l'effet
de tant de promesses que

vous m'auez faites de me
conseruer voftre cœur,
de ne m'oublier iamais,
de penser continuelle-
ment en moy , & vous
me demãdez des Lettres.
Il eft vray que vous me
demandez moy-mefme;
Ah ! ie fuis vn ingrat, ou
plûtoft vn infenfé; vous
m'aïmez plus que ie ne
merite, bien que pourtãt
vous ne m'aimiez pas
plus que ie vous aime: que
cette derniere demande

m'est auantageuse ! elle
me paroît pourtant inu-
tile: ne suis-ie pas à vous?
helas ! ie suis tant à vous
que ie ne suis pas à moy;
ie ne pense qu'en vous, ie
ne vis que pour vous, vos
douleurs sont les mien-
nes , vos afflictions me
tourmentent , vos maux
me tuent ; puis-ie mieux
estre à vous? Plût au Ciel
que la nouuelle de la paix
qu'vn Officier François
vous a donnée fut vraye,

ce seroit à vos genoux
que ie vous irois confir-
mer que ie vous aime; ie
les moüillerois de mes
larmes, & ie mourrois de
ioye de me voir réjoint à
la personne dont l'absen-
ce me fait mourir de re-
gret. Ah! que vous n'au-
riez plus suiet d'apprehé-
der vn second éloigne-
ment si ma bonne fortu-
ne me pouuoit ramener
vne seconde fois dans vô-
tre chambre. Ie sçay trop

bien maintenant qu'elles
sont les cruautez de l'absence, pour m'y retour-
ner expofer : mais helas!
me pourray-ie voir vn
iour en eftat d'executer
ce que ie vous promets?
Cette paix dont vous me
parlez eft-elle affurée? ie
le fouhaite, & ie n'ofe pas
le croire, ie fuis trop mal-
heureux pour qu'un tel
bon-heur m'arriue. I'ap-
prehende effroyablemét
ce que vous me dites,

je ne vous verray peut-eftre iamais? Ce n'eft pas, ma chere ame, que ie vous aye
abandonnée, i'abádonne-
rois mes parents, mes
biens, ma fortune & ma
vie plûtoft que vous, c'eft
le bon-heur qui nous a
abandonné l'vn & l'autre
& fans lequel il eft bien
difficile que nous nous
reuoyons. Que cette
penfée eft funefte, qu'el-
eft contraire à noftre repos. Helas! c'eft celle-là

mefme qui eft la caufe de
voftre defefpoir , & de
voftre   évanoüiffement.
Ah Mariane! ie fuisdonc
la caufe de l'vn & de l'autre, & ie me contente de
pleurer , & de foûpirer
pour vous , au mefme
temps que vous mourrez
pour moy. Ah! cruel, que
ie fuis barbare, & impito-
yable , vos yeux perdent
la lumiere , & leur éclat
ordinaire, & les miens fe
contentent de refpandre

des larmes ? voſtre belle
bouche ſe fermera, & la
mienne ne s'ouurira qu'à
quelques ſanglots ? tous
vos ſens vous abandon-
nent , & les miens ſont
encore aſſez à moy pour
vous conſoler , & i'oſe
vous aſſurer auec tout cela que ie vous aime? Adieu
ie meurs de honte de
n'eſtre pas mort de deſeſpoir & d'amour, & ſi les
deſtins me ſont encore
aſſez ennemis pour me

faire furuiure à ma honte
& pour prolonger la fu-
reur où me iettent les
fentimens que i'ay pre-
fentement , il n'eft ny
guerre ny danger qui
m'empefche de retour-
ner en Portugal, & d'al-
ler facrifier à vos pieds,
& peut-eftre, helas! à vôtre tombeau la vie du plus
lâche de tous les Amans,
& de celuy qui meritoit
le moins vos faueurs. Ie
ne puis plus vous écrire,

ie suis indigne de prendre
cette liberté ; mes sens
qui le reconnoissent se
reuoltent contre moy;
mon esprit refuse de me
fournir des pensées, &
ma main de les écrire ; à
peine vous puis-ie asseu-
rer que malgré tout mon
procedé , il ne laisse pas
d'estre tres-vray que je
vous aime plus que tou-
tes choses. Adieu. Adieu.

QVATRIESME

LETTRE.

QVE j'aurois, aussi bien que vous, de choses à vous dire, & que je vous en dirois beaucoup si je croyois que vous adjoû-tassiez quelque foy à mes paroles, & si ie ne con-

connoiſſois depuis quel-
que temps que vous aués
conceu d'éttranges & de
peu fauorables opinions
de mon honneur & de
mon amour. I'ay en vain
tâché de vous éclaircir de
mes ſentimens, vous ne
m'en prenés pas moins
dans vôtre derniere let-
tre, pour vn infidele, &
pour vn trompeur. Ah!
que j'auois bien preueu le
malheur qui me deuoit
arriuer, & que j'auois

G

bien toûjours apprehen-
dé que vous oubliriés
mon amour & ma fide-
lité à mesure que ie m'é
loignerois : mais quoy !
vous ne vous contentez
pas de me soupçonner,
depuis mon depart, vous
dites encore que ie ne
vous aimois pas mesme
dans le Portugal. Ah
cruelle ! que ce reproche
m'est sensible, qu'il me
touche viuement. I'ay
donc toûjours esté vn

diffimulé ? Quoy ! vôtre
paffion , vôtre amour,
eftoit-elle fi peu clair-
uoyante, qu'elle ne pût
pas reconnoître mes dé-
guifemens , & mes con-
traintes ? ou comment
eft-elle deuenuë fi éclai-
rée depuis que ie fuis de
France pour vous auoir
pû faire apperceuoir en
mille chofes paffées que
vous n'auiez point veuës
en leur temps. Croyez-
moy, chere Mariane, vous

ne vous estes point tro-
pée quand vous aués cru
que ie vous aimois, &
vous ne vous tromperez
point encore quand vous
croirés que ie vous ayme
plus que jamais, & plus
que toutes les choses du
monde. Ouy, Mariane,
ie vous ay aimée sans
consulter l'aduenir, ny
les suites que pourroient
auoir ma passion; ie me
donnay tout à vous dés
le moment que ie vous

vis; ma raison auoit beau
me dire, qu'il faudroit
partir vn iour, mõ amour
me perfuadoit au con-
traire que ie ne partirois
jamais ; mon cœur me
difoit qu'il n'y confenti-
roit point, & ie me difois
à moy-même que ie ne le
pourrois pas. Ie vo' décou-
uris l'effet que vos yeux
auoient fait fur mon ame,
vous me creûtes, il eſt
vray, & vous euſtes pitié
de moy, vous m'aimâtes

G iij

mesme, cela m'est trop
auantageux pour l'ou-
blier ny pour le diffimu-
ler: mais cōment euffiez
vous pû faire pour ne me
croire pas , pour ne me
plaindre pas, & fi ie l'ofe
dire, pour ne m'aimer pas.
Vous vîtes tant d'inge-
nuité, tant de franchife
fur mon vifage , tant de
verité dans mes difcours,
fi peu de ménagement &
fi peu d'artifice dans ma
conduite que vous ne

pûtes, ne me croire pas.
Quand ie vous parlay de
ma passion naissante , de
ce que ie ressentois dans
l'ame pour vray, de ce feu
qui me deuoroit , & qui
de vos yeux auoit si bien
sceu passer dans mon
cœur ; quand ie vous ex-
primois mes diuers mou-
uemens , mes esperances
& mes craintes, & l'estat
pitoyable où les vnes &
les autres me reduisoient,
le moins que vous pûs-

siez à mon égard n'étoit-
ce pas de deuenir sensi-
ble, & pitoyable à tant
de maux dont vous étiez
la cause depuis mes assi-
duitez, mes priéres, mes
soupirs, mes larmes, ou
pour le dire en vn mot,
mon amour, attira la vô-
tre: que mon bon-heur
estoit extreme en ce téps
là! vous le connûtes par
mille marques que ie
vous en donnay, dont
vous ne doutiez pas com-

me vous faites à present,
cela vous obligea à me
combler de vos faueurs,
& à me faire paſſer mille
douces heures aupres de
de vous , dans des con-
tentemens & dans des
tranſports que vous étiés
ſeule capable de donner,
vous vous en reſſouuenés
de ces tranſports & de
ces plaiſirs ; mais vous
ne voulés pas ſans doute
vous reſſouuenir de la
maniere auec laquelle ie

m'abandõnay aux vns &
aux autres, quand vous
me reprochés que ie pa-
roiſſois auoir de la froideur meſme dans ces oc-
caſions. Ah! Mariane que
dites vous ? vn rocher en
eut-il oſté capable ? Auez
vous oublié cõbien mes
petits emportemens vous
donnoient de la joye ? ne
les auez vous pas ſouuent
admirés ? ne vous en oſtes
vous pas mômequelque-
fois étonnée ? & vous en

estes venuë jusqu'à me
dire que ie vous aimois
trop, & vous me dites
aujourd'huy que ie ne
vous aimois pas mesme
alors. Helas! peut estre
dirois-je vray si ie vous
disois que vous ne m'ai-
més plus. Vous m'estimés
trop peu pour m'aymer
beaucoup. Ie voy bien
dans vos lettres quelque
chose de bien tendre &
de bien touchant, cela
me fait bien aussi du plai-

fir, mais ie ne puis pas
m'imaginer auec toutes
vos paroles que vous
puiffiés m'aimer tant que
vous croirés que ie ne
vous ayme point, &. que
ie ne vous aimay iamais.
Changés dóc d'opinion,
ayés en vne meilleure de
moy, quelques fujets que
i'aye de foupçonner vô-
tre fidelité, ie ne vous en
ay rien voulu encore fai-
re fçauoir ; ie veux eftre
certain de voftre faute

auant

que de vous accuser. Cet-
te jaloufie m'eft venuë
depuis quelque jours, elle
ne m'empefche pourtant
pas de vous aimer de tou-
te mon ame, & de vous
prier d'eftre affeurée que
vos maux, dont vous con-
tinuez de me parler, me
deuiennent abfolument
infupportables, & quoy
que peut-eftre ne foient-
ils pas fi grãds chez vous
ils font extrémes à mon
égard. Ils me perfuadent

H

que vous m'aimez; faites
que la part que j'y prens
vous persuade aussi veri-
tablement que ie suis
toûjours & tout à vous.
Adieu.

CINQVIEME

LETTRE.

'Eſt maintenant que ie connois bien ce que i'ay perdu, & la haute felicité dont je ſuis décheu; je n'auroisiamais crû que l'abſence fut vn ſi grand mal,& qu'elle causât tant

H ij

d'énuis lors mesme qu'el-
le semble deuoir donner
quelques plaisirs.   l'ay
quitté la chose du mon-
de qui m'estoit , & qui
m'est encore la plus che-
re : je preuoyois bien
quelque chose de fâ-
cheux , & de cruel dans
cette separation; mais ie
croyois que ses rigueurs
seroient beaucoup adou-
cies par l'asseurance dans
laquelle je serois de vô-
tre Amour , & par cel-

le que je vous donnerois
de la continuation de la
mienne. Ie croyois lors
que je vous voyois tous
les jours, qu'auec toutes
ces conditions , je pour-
rois vn jour ne vous voir
pas , fans eftre extraordi-
nairement mal-heureux.
Cependant je voy bien
le contraire de ce que je
m'eftois imaginé , il n'eft
rien que de funefte dans
l'abfence , rien n'en peut
foulager les douleurs, &

les remedes de ces maux
different en bien peu
des maux mesmes ;
tout y est matiere d'in-
quietude, & de desespoir.
l'ay bien le plaisir de
vous aimer ; Helas ! le
puis-ie dire sans vous
offencer ? qu'il est petit,
qu'il est mediocre ce plaifir ; & qu'il est peu capable de dissiper les ennuis,
& les craintes qui m'en-
vironnent incessamment.
l'ay le plaisir de vous ai-

mer, mais ay-ie celuy de
vous le dire ? ay-ie celuy
de vous le persuader par
mes serments ny par mes
actions ? ay-ie celuy de
vous voir, ou me croire,
ou en douter, pour pou-
uoir, ou vous remercier,
ou vous rassurer ? ay-je le
plaisir de passer quelques
heures auprés de vous, de
vous parler, ny de vous
ouïr ? Et sans tout cela,
Mariane, y a-t-il du plaisir à aimer ? Disons donc

que ie n'ay pas le plaiſir
d'aimer, mais que i'ay celuy de ſouffrir pour vous,
qui effectiuemét me ſou-
lage dans mes plus grãds
mal-heurs. Vous me di-
rez que i'ay du moins la
ſatisfaction d'eſtre aſſuré
que vous m'aimez ; par-
donnez-moy encore ſi ie
dis que cette ſatisfaction
eſt bien legere, & à bien
peu de fondement. Ie ne
m'en rapporte qu'à vous:
ſi les ſentimens que i'ay

veu dans vos Lettres sont
veritables, en estes vous
plus contente ? goûtez-
vous de grands plai-
sirs, sur ce que ie vous
ay dit, & iuré mille fois
que ie vous aimererois
tosiiours, & par tout, &
que les faueurs de la bonne Fortune, ny les capri-
ces de la mauuaise, n'ap-
porteroient aucun chan-
gement à ma passion : en
auez vous passé pour
tout cela des momens

plus tranquilles ? m'en
auez vous moins ſoup-
çonné d'infidelité ? en
auez vous moins ſouffert
de douleurs ? & croyez-
vous que ie ſois plus
exempt de ialouſie que
vous, ou que ie ſois plus
aſſeuré de vos paroles,
que vous des miennes?
Ah ! ie vous aimerois
moins que vous ne m'ai-
mez, ſi ie vous en cro-
yois plus que vous ne
m'en croyez. Sçachez

donc que i'ay mes crain-
tes,& mes foupçons auf-
fi bien que vous, qui me
dérobent toute ma vie,
& qui ne me laiffent pas
vn moment en repos. Ie
tremble de perdre ce que
i'ay tant pris de plaifir à
acquerir, & à conferuer;
i'apprehende que vous
ne vous donniez à quel-
que autre , & que pen-
dant que ie fouffre inceffamment à cinq cents
lieües de vous, vous ne

riez auec quelqu'autre de
l'eſtat pitoyable où vous
vous perſuadez bien que
ſuis. Conſiderez vn peu ſi
mes apprehenſions ſont
ſans fondement ; ie ſçay
que vous m'auez aimé,
que vous m'auez meſme
tendrement aimé, que
vous n'auez pas exigé de
moy de grands, ny de
longs empreſſeméts pour
eſtre perſuadée de ma flame, & pour me donner
voſtre cœur? Qi me ré-
pon-

pondra que ie ne perde
pas auec vne égale facili-
té ce que i'ay gagné auec
si peu de peine ; & que
huit iours d'abfence ne
m'oftent pas ce que huit
iours de prefence me dõ-
nerét. Vous me foupçon-
nez bien auec beaucoup
moins de fuiet; s'il eft des
femmes en France, il eft
des hommes en Portu-
gal , & mille perfonnes
vous peuuent aimer , au
lieu que ie ne puis aimer

I

perſonne. Que ie receus
de chagrin, quand i'ap-
pris que l'on vous auoit
fait Portiere dans voſtre
Conuét, quelles penſées
ne roulerent pas alors dãs
mon eſprit: Helas! dis-ie
en moy meſme, chacun
verra ces beaux yeux qui
te donnerent tant d'A-
mour, & qui pourra les
voir ſans en prendre?
Oüy chacun pourra l'ai-
mer, & Mariane aimée
de tout le monde ne

pourra-t'-elle aimer per-
fonne? L'Officier qui me
rendit voſtre Lettre me
confirma puiſſamment
dans mes ſoupçons; il me
dit que vous n'auiez pas
toûjours les yeux atta-
chez ſur mon portrait,
comme vous auez voulu
me le perſuader; qu'il y
auoit quelques perſonnes
dont les viſites frequen-
tes ne vous déplaiſoient
pas,& auſquelsvous plai-
ſiez infiniment. Que ce

rapport me cauſa d'étrã-
ges mouuements; quel-
quefois ie ne pouuois aſ-
fez vous accuſer , & le
plus ſouuent ie ne pou-
uois aſſez m'accuſer. Ie
l'ay abandonnée , diſois-
ie, pourquoy ne m'aban-
donnera-t'-elle pas ? Ie
l'aime pourtant encore,
reprenois-ie , pourquoy
ne m'aimera-t'-elle pas?
Et ſi je n'aime qu'elle,
pourquoy en aimera-t'el-
le d'autres que moy ? Ces

sentimens de jalousie ont causé dans mon ame vn desordre que je ne puis comparer qu'à celuy que me causerent à mesme temps vos reproches. I'y vis effectiuement des témoignages d'Amour que je n'osay pas soupçonner de feinte ny de déguisement, mais que j'accusay d'injustice. Pourquoy partis-ie, me dites vous? Helas! l'ignorez-vous, &

que voftre intereft fe ioï-
gnit au mien pour m'obli.
ger à partir ? l'éclat qu'a-
uoit fait noftre Amour,
nous obligeoit à quelque
ménagement. Nous n'en
eftions capables, ny l'vn
ny l'autre ; vn Vaiffeau
part, il eft vray; ie profi-
tay de cette occafió;vous
le fceûtes; nous en fûmes
également affligez, quoy
que les fuites de ce départ
ne nous fuffent pas entierement connuës vous di-

tes que je témcignay de
la froideur à cette separation ; oüy , Mariane , je
l'aduoüe , mes fens m'a-
bandonnerent , ma cha-
leur me quitta , & ie pa-
rus dans vn eftat à faire
defefperer ceux qui me
voyoient , non feulemét
de ma fanté, mais encore
de ma vie ; & la froideur
que i'eus quãd nous nous
feparâmes eftoit de celles
qui fuiuent la feparation
de l'ame & du corps : ny

mon deuoir , ny mon
honneur ny ma fortune
n'eſtoient pas ce qui m'o-
bligea à vous quitter;
j'eſtois plus attaché à
vous qu'à toutes les cho-
ſes du monde; je vous de-
uois mes ſoins ; l'hon-
neur d'eſtre ſouffert au-
pres de vous eſtoit le ſeul
ou j'aſpirois ; & j'auois
moins d'amour pour ma
fortune , que d'enuie de
trouuer quelque bonne
fortune dãs mon amour;

mais voſtre intereſt ſe
joignant au mien, voſtre
honneur,&voſtre deuoir
dépendants en quelque
maniere de mon départ,
ce que vous me faiſiez
connoiſtre ſi ſouuent, en
me diſant que *je vous ren-*
dois mal-heureuſe; en falloit-
il dauantage pour m'obli-
ger à m'éloigner,à m'ex-
poſer à tous les tourméts
pour vous en eſpargner,
à m'expoſer aux ſouffrã-
ces pour vo' en deliurer.

Enfin je partis, ie m'éloi-
gnay , nous nous feparâ-
mes, Ah!cruel départ, fu-
nefte éloignement, mor-
telle feparation!i'eus con-
tinuellement les yeux
tournés du cofté devôtre
Cønuent; mon cœur y
pouſſoit tous ſes ſoûpirs;
mon ame fit tous ſes ef-
forts pour s'y enuoler:he.
las! depuis ce jour ie n'ay
eu que mal-heurs , que
chagrin,que triſteſſe;nô-
tre Vaiſſeau fut battu de

la tempefte , & comme
vous l'auez fçeu nous fû-
mes contraints de relâ-
cher au Royaume d'Al-
garve ; je n'ay iamais eu
plus de fermeté que dans
cette tempefte;je ne crai-
gnois la mer ny les vêts;.
tout ce que je pouuois
craindre eftoit arriué, c'é-
toit noftre éloignement;
je n'apprehendois point
comme les autres de faire
aucune perte,i'auois tout
perdu en vous quittant.

Que j'eusse esté fortuné si j'eusse pû me perdre moy-mesme, apres vous auoir abádonnée. Helas! j'estois reserué à des plus grands déplaisirs ; ils ne deuoient pas finir si-tost; & ma vie ne fut prolongée que pour prolonger mes afflictions. Combien en ay-je supporté depuis? comme si ce n'eût pas esté assez des miennes, il m'a fallû encore essuyer les vôtres; i'ay pleu-ré,

ré,& quand i'ay creu que
voſtre amour, vous fai-
ſoit ſouffrir pour moy,&
quand j'ay crû que vous
m'oubliez , j'ay ſoûpiré
auecque vous, j'ay ſouf-
fert auecque vous , j'ay
failli à mourir auecque
vous;& ce qui m'a le plus
touché , c'eſt que lors
meſme que ie vous ay crû
infidelle,i'ay ſoûpiré tout
ſeul ; i'ay ſouffert tout
ſeul , i'ay failli à mourir
tout ſeul. Ie ſuis encore
K

dans cét eſtat, ie ſuis flot-
tant entre l'eſperance d'ê-
tre aimé, & la crainte de
ne l'eſtre plus : voſtre lettre ſemble bien me r'aſ-
ſurer vn peu ; mais helas!
qu'eſt-ce qu'vne Lettre?
vous m'y demandez le
portrait , & des Lettres
de ma Nouuelle Maitreſ-
ſe , non , Mariane ; ie ne
vous les enuoyeray point
je les eſtime trop , & ce
ſont des gages trop pre-
cieux pour m'en vouloir

défaire. Voſtre Portrait,
(car c'eſt celuy de la nouuelle Maiſtreſſe) me fait
goûter de trop agreables
moments, ie nem'en ſçau-
rois paſſer , ſur tout de-
puisque j'ay appris que le
mien fait vne partie de
vos occupations, je paſſe
les jours entiers au deuãt
du voſtre, où je me repais
de cette image dans le
mal.heur qui me priue
de la preſence de l'Original. Vos Lettres qui ſont

vn second Portrait de
voftre ame mefont trop
fauorables, & ie ne m'en
deferay jamais. Voila
comment je répons à vô-
tre jaloufie fi peu jufte,
& fi mal fondée. En ve-
rité, croyez vous que ie
vouluffe m'égager à vne
nouuelle inclination, qui
ne me fçauroit promet-
tre tant de plaifirs que la
voftre, & qui pourroit
me caufer autant d'en-
nuis? non, Mariane, ie

mourray auec la paſſion
quevous m'auez inſpirée,
iene la quitteray iamais,
ie n'en prendray iamais
d'autre, & ie vous témoi-
gneray par mes actions
toutes paſſionnées, & par
des effets qui peut-eſtre
vous ſurprendront , que
vous auez plus de raiſon
que vous ne penſez de ne
me prier plus de vous ai-
mer. Adieu.

K iii

SIXIESME

LETTRE.

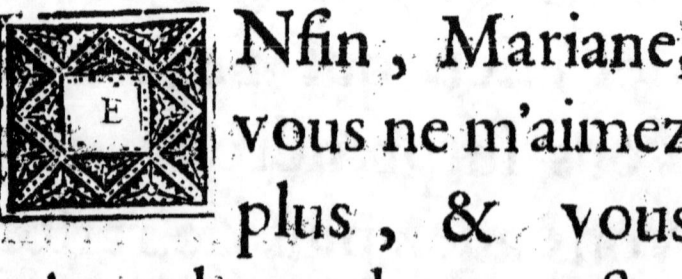

Nfin, Mariane, vous ne m'aimez plus, & vous triomphez dans voſtre Lettre de cette victoire que vous auez obtenuë ſur voſtre cœur; Vous ne vous contentez pas meſ-

me de ne me vouloir plus
m'aimer, vous voulez en-
core que je ne vous aime
plus, & que je ne vous é-
criue plus. Ie trouue que
vous auez raifon , mon
amour vous feroit honte,
il vous reprocheroit à
tous momens voftre per-
fidie, & mes lettres rem-
plies d'vne aigreur , &
d'vne paffion qui ne leur
eft pas ordinaire , vous
feroit repentir de voftre
refolution ; mais que ie

suis insensé ! cette resolution est trop bien affer-
mie pour pouuoir estre é-
branlée , & ce n'est pas
seulement depuis vôtre
derniere Lettre que vous
l'auez prise. Si les objets
ne sont presents à vos
yeux ils ne le sont jamais
à vostre memoire , &
vous commençâtes à
m'oublier dés que vous
commençâtes à perdre
tant soit peu mon Vais-
seau de veuë. Ie voy

maintenant l'origine de
ces petites querelles , de
ces plaintes, & de ces ja-
lousies dont vous réplis-
siez toutes vos Lettres,
c'estoient autant de pre-
paratifs , pour ce grand
dessein que vous venez
d'executer si heureuse-
ment; vous vouliez cher-
cher quelque pretexte
legitime à vostre incon-
stance , vous m'accusiez
pour me trahir auec plus
de seureté,& vous m'im-

putiez fauſſement vne in-
fidelité , afin d'y trouuer
vne excuſe pour la vôtre.
Cruelle ! C'eſt donc ainſi
que vous donnez de l'a-
mour , ſans en prendre;
c'eſt ainſi que vous quit-
tez voſtre paſſion , ſans
l'oſter à ceux à qui vous
en auiez donné? Qui vous
eût iamais crû capable
d'vne pareille action, qui
répond ſi peu à vos pre-
miers emportemens , à
vos premiers deſſeins, &

mefme à vos premieres
Lettres?que font deuenus
ces fentimens fi gene-
reux , & fi amoureux à
mefme temps? ces plain-
tes fi touchantes? Ces
refolutions qui m'eftoiét
fi auantageufes?Infidelle!
qu'eft deuenu voftre
Amour? & que voulez-
vous que deuienne la
mienne ? Ne puis-je pas
vous accufer d'eftre plus
legere que le papier fur
lequel vous m'auez fait

tant & tant de protesta-
tions d'vne inuiolable fidelité. Belles, mais vai-
nes protestations ; agreables , mais trompeuses
promesses ; qu'ay-je fait
pour vous faire degene-
rer en mépris, en mena-
ces, & en resolutions de
vengeance? Vous me me-
nacez, Mariane, que vos
menaces sont inutiles, en
l'estat où je suis presente-
ment;vous ne m'en sçau-
riez faire, qui me pussent
faire

faire apprehender de plus grands maux que ceux que je reſſents. Non, je n'ay plus rien à craindre, parce que ie n'ay plus rien à perdre, & tout eſt perdu puiſque je perds Mariane : quel nouueau déplaiſir me peut-on cau-ſer apres celuy-là ? **On** peut m'oſter la vie; que m'importe , je ne l'aime point depuis que vous ne m'aimez plus, je ne conſi-dere la vie, que comme

L

ce qui prolongera mes
mal-heurs , & mon de-
fefpoir ; je ne voulois viure que pour vous aimer;
je croyois mefme de n'a-
voir vefcu que depuis le
temps que je vous aimois;
aujourd'huy que vous
ne voulez plus que ie
vous aime, qu'ay-ie que
faire de la vie?

Au moins en m'oftant
voftre Amour , en me
voulant encore obliger à
me défaire de la mienne,

vous deuiez me laisser
mon innocence. Ne pou-
uiez vous deuenir coupa-
ble sans m'accuser , &
faloit-il m'imputer de
faux crimes pour en cõ-
mettre vn veritable en
mon endroit. Helas ! que
ie suis bien mal-heureux,
cõme si vous auoir quit-
tée, & auec vous tous les
plaisirs; si m'estre éloigné
de cinq cens lieuës de
tout ce que i'aimois;si viure dans la crainte de ne

vous reuoir plus; comme
fi tout cela n'eftoient pas
d'affez grands maux, il a
fallu que par vn furcroît
d'affliction , vous m'ayez
ofté voftre Amour, que
pourtant, fi ie l'ofe dire,
i'auois fi bien meritée;
que i'auois acquife par tãt
de fidelité, par tant d'affi-
duité, par tant de com-
plaifance, & qui m'auoit
coûté tant de larmes, tant
de douleurs, & tant d'in-
quietudes. Vous ne vous

contentez pourtant pas
encore de cette extremi-
té; vous ne voulez ny que
je vous aime , ny que je
vous écriue. Ah! Maria-
ne, ce n'eſt pas en de pareils commandemens,
que j'ay fait vœu de vous
obeir ; vous pouuez ne
m'aimer point, & vous
faites ce que vous pou-
uez; mais je n'en ſuis pas
de meſme , je ne puis
nevous aimer pas; & mal-
gré l'injuſtice de voſtre

procedé, je veux mourir
pour Mariane inconstan-
te , puis qu'ainsi que je
l'auois resolu , je ne puis
plus viure pour Mariane
fidelle. Ie vous écriray,
& je vous feray voir tant
d'amour , & tant d'em-
pressement dans mes
Lettres , que peut-estre
cette profonde tranquil-
lité que vous vous pro-
mettez en sera vn peu
émeuë. Que j'auray de
plaisir, si cela peut arriuer,

quand j'apprendray que
mes inquietudes vous en
caufent,& que du moins
voftre repos fera vn peu
alteré par la perte entiere
du mien. Ie me flatte vai-
nement de ce petit efpoir
de vangeance , je vous
fuis trop indifferent;vous
ne m'aimez plus, & c'eft
tout dire;vous ne prenez
aucune part en ce qui
peut m'arriuer;vo᷒ m'im-
putez mefme vne indif-
ference que vous auez,

parce que vous me la fou-
haittez : Et bien je feray
mon poffible pour l'a-
uoir ; je tâcheray de pro-
curer à mon ame cette
funefte paix que ie ne
puis acquerir qu'en vous
perdant. Helas ! puis-je
eftre tranquile fans vous?
& cette quietude fied-
elle bien à vne perfon-
ne qui a tout perdu, ex-
cepté le cruel reffouuenir
de fa perte? Non! ie n'auray aucun repos que je

ne vous aye obligée à
changer de sentiment,&
quand ie ne pourrois pas
vous obliger à me redon-
ner voftre amour , ie me
fais fort de vous toucher
de pitié , & de me faire
plaindre fi ie ne puis me
faire aimer.

Qui eut iamais preueu
que de fi beaux com-
mencemens euffent dû
auoir des fuites fi fâcheu-
fes,&qu'vne amour auffi
ardente qu'eftoit la vô-

tre, deut finir par vne in-
difference auffi froide
que celle que vous me té-
moignez. Ie deuois pour-
tant bien m'y attendre, &
fi j'auois tant foit peu rai-
fonné , je ne ferois pas
furpris du changement
qui vient d'arriuer en
vous. Vôtre amour eftoit
trop prompte , & trop
violente pour durer ; &
vous auiez trop d'em-
preffements eftant auprés
de moy pour n'auoir pas

de la froideur , quand
vous n'y feriez plus: d'ail-
leurs je deuois bien con-
fiderer que voftre amour
ne dureroit pas fi long-
temps que la mienne. La
voftre, comme vous auez
bien fceu me le repro-
cher, n'eftoit fondée que
fur des qualitez tres-me-
diocres qui font en moy,
& la mienne eftoit ap-
puyée fur mille qualitez
éminentes que chacun
admire en vous. Outre

cela j'aimois vne Reli-
gieuſe , & cent Prouer-
bes de voſtre nation ne
m'aduertiſſoient-ils pas
qu'il n'eſt rien à quoy l'on
ſe deut moins fier qu'à
lAmour d'vne Religieu-
ſe. Vous auez beau faire
leur éloge, l'expérience
eſt plus forte que vos paroles, & ie ne m'eſtonne
point maintenant de ce
qu'elles ne ſe reſſouuien-
nent plus d'vn homme
qu'elle ne voyoient plus,
ny

ny de ce qu'vn abſent eſt mort dans leur eſprit. Il n'eſt rien de plus naturel que l'enuie que l'on a pour les choſes rares ou defenduës ; & les hommes eſtant l'vn & l'autre à vne Religieuſe, il n'eſt pas ſurprenant qu'elles en veüillent toûjours auoir quelqu'vn deuant leurs yeux, qu'elles n'aiment que ceux qu'elles voyent, ny qu'elles conſiderent les abſens comme

M

des gens qui ne font
point,& qui n'ont iamais
efté. C'eft par là que ie
vous ay perdu en vous
perdant de veuë. Au lieu
qu'vne femme du mon-
de eftant châque iour
parmy les hommes,en eft
moins empreffée, & n'en
choifit qu'vn à qui elle
fe donne toute, & qu'el-
le aime abfent comme
prefent iufques au der-
nier foûpir de fa vie. Vôtre ame me paroiffoit

neantmoins trop grande,
& trop releuée pour me
donner lieu de la soupçô-
ner des bassesses du vul-
gaire; ie vous croyois aussi constante que passion-
née; ie pensois que vostre
feu seroit aussi durable
qu'il estoit ardent ; mais
ie voy bien le contraire
de ce que ie m'estois imaginé. Qu'il est difficile en
Amour de ne croire pas
ce que l'on souhaitte !

Cependant i'ay receu

M ij

des Lettres, vn Portrait,
& des bracelets que vous
m'auez renuoyé. Pour-
quoy me les renuoyer?
que ne les brûliez vous?
ie me pourrois figurer
mon mal-heur moins
grand qu'il n'eſt, & me
flatter que vous les au-
riez gardé? Que ne les
auez vous effectiuement
gardez ? apprehendiez
vous qu'ils ne vous fiſ-
ſent reſſouuenir d'vn
homme que vous nevou.

léz plus aimer , & que
vous ne voulez plus croi-
re d'auoir aimé ? Ah ! ie
vous réponds qu'ils n'en
auroient rien fait: vn portrait ne feroit pas ce que
n'a pû faire l'original, des
Lettres font inutiles, où
les ferments de viue voix
ne peuuent rien , & des
bracelets font de bien
foibles chaînes pour rete-
nir vne perfonne , qui
fçait fi bien rompre fes
refolutions , & fes pro-

meſſes : Enfin ie n'en ſerois pas plus aimé ; vous
ne m'en auriez pas moins
oublié quand vous auriez
gardé toutes ces choſes:
Pour moy i'ayvoſtre por-
trait que ie ne pretens
pas de vous renuoyer;ce
n'eſt pas que i'aye beſoin
de ſa preſence pour pen-
ſer en vous, voſtre der-
niere Lettre ne m'y fait
que trop ſonger;ie le con-
ſerue ſeulement pour
pleurer ſur la Copie, les

maux que vous me faites
iniuſtement ſouffrir. Ne
m'enuiez pas cette petite
felicité , ſi du moins ie
puis donner ce nom à ce
qui ne fera qu'augmen-
ter mes douleurs. Dans
mon mal-heur preſent, il
ne repreſentera ma bon-
ne fortune paſſée, & vous
fçauez que la penſée d'vn
bien qu'on n'a plus, eſt vn
de plus grands maux qui
accablent vn miſerable:
Ce fera deuant cette co-

pie que ie iuſtifieray toutes mes actions , & que
je prendray de nouuelles
forces pour pouuoir ſup-
porter plus conſtamment
les tourments auſquels
vous me deſtinez : ſi ie
n'oſe plus vous appren-
dre que je vous aime, je
le diray à voſtre portrait;
je me plaindray à luy de
voſtre changement,& de
voſtre cruauté, & je paſ-
feray ainſi le reſte de ma
vie, en vous aimant mal-

gré vous , en souffrant
pour vous,& en me plai-
gnant , quoy qu'auec
beaucoup de reteniie , &
de moderation,de ce que
vous traittez auec tant
de rigueur, & d'inhuma-
nité vn homme qui vous
adore. Ouurez cette
Lettre, Mariane , ne la
brûlez pas sans la lire, ne
craignez pas de vous
tourner rengager,voftre
resolution eft plus forte
que mes paroles; vous ne

la romprez pas pour fi
peu de chofe, & ce n'eſt
là , ny mon deſſein ny
mon eſperance. Tout ce
que je pretends c'eſt de
vous y faire voir mon in-
nocence, & la fermeté de
mon Amour, qui reſiſtera
à toutes les attaques que
vous luy pourrez don-
ner, comme il a déja re-
fiſté aux caprices d'vne
fortune contraire, & aux
cruautez d'vne fi longue
& fi fàcheuſe abſence.

Vous verrez que je fuis
toûjours Amant tantoft
de Mariane prefente, tan-
toft de Mariane abfente;
quelquefois de Mariane
paffionnée , quelquefois
de Mariane indifferente ;
de Mariane douce, & de
Mariane cruelle ; mais
toûjours de Mariane. Voi-
la tout ce que ie veux
vous perfuader , afin que
vous donniez quelques
plaintes à mes fouffran-
ces,& quelques larmes à

mon trépas, lors que vous
en apprendrez l'agreable
nouuelle. Adieu.